LA COLLANA DEI PICCOLI

ISBN 978-88-6656-129-3

www.edizioniel.com

Le filastrocche raccolte oggi sotto il titolo *Parole in rima* uscirono in un arco cronologico abbastanza ampio (dal 1951 al 1963) su diversi periodici («Noi donne», «Pioniere», «l'Unità» e «Il Pioniere dell'Unità»); le *Storie di parole*, invece, furono pubblicate con questo titolo come rubrica fissa dal novembre 1963 al marzo 1964 sul «Corriere dei Piccoli».

Gianni Rodari

# Versi e storie di parole

Illustrazioni di Altan

Einaudi Ragazzi

# Versi e storie di parole

# Parole in rima

# La parola «piangere»

Un giorno tutti saremo felici.
Le lacrime, chi le ricorderà?
I bimbi scoveranno
nei vecchi libri
la parola «piangere»
e alla maestra in coro chiederanno:
«Signora, che vuol dire?
Non si riesce a capire».
Sarà la maestra,
una bianca vecchia
con gli occhiali d'oro,
e dirà loro:
Cosí e cosí.
I bimbi lí per lí
non capiranno.
A casa, ci scommetto,
con una cipolla a fette
proveranno e riproveranno
a piangere per dispetto
e ci faranno un sacco di risate...
E un giorno tutti in fila,

andranno a visitare
il Museo delle lacrime:
io li vedo, leggeri e felici,
i fiori che ritrovano le radici.
Il Museo non sarà tanto triste:
non bisogna spaventare i bambini.
E poi, le lacrime di ieri
non faranno piú male:
è diventato dolce il loro sale.
...E la vecchia maestra narrerà:
«Le lacrime di una mamma senza pane...
le lacrime di un vecchio senza fuoco...
le lacrime di un operaio senza lavoro...
le lacrime di un negro frustato
perché aveva la pelle scura...»
«E lui non disse nulla?»
«Ebbe paura?»
«Pianse una sola volta ma giurò:
una seconda volta
non piangerò».
I bimbi di domani
rivedranno le lacrime
dei bimbi di ieri:
del bimbo scalzo,
del bimbo affamato,
del bimbo indifeso,
del bimbo offeso, colpito, umiliato...
Infine la maestra narrerà:
«Un giorno queste lacrime
diventarono un fiume travolgente,

lavarono la terra
da continente a continente,
si abbatterono come una cascata:
cosí, cosí la gioia fu conquistata».

# Filastrocca delle parole

Filastrocche delle parole
si faccia avanti chi ne vuole.
Di parole ho la testa piena,
con dentro «la luna» e «la balena».
C'è qualche parola un poco bisbetica:
«peronospera», «aritmetica»...
Ma le piú belle le ho nel cuore,
le sento battere: «mamma», «amore».
Ci sono parole per gli amici
«Buon giorno, buon anno, siate felici»,
parole belle e parole buone
per ogni sorta di persone.
La piú cattiva di tutta la terra
è una parola che odio: «la guerra».
Per cancellarla senza pietà
gomma abbastanza si troverà.

LUNA
BALENA
CUORE
GUERRA

# La dolorosa istoria di un apostrofo

C'era una volta un apostrofo
dimenticato.
I suoi genitori
l'avevano abbandonato
in un calamaio,
e lui si dava da fare,
quel birichino,
per farsi pescare
da qualche pennino.
Difatti fu pescato,
però per distrazione
fu lasciato cadere
in mezzo a un parolone
che non poteva vedere
i segni d'interpunzione
e fece un gran chiasso:
«Ficcanaso, pussa via,
qui non si vuole la tua compagnia».
Il pennino sentí,
tornò indietro un passo,
e cancellò l'apostrofo

con tale energia
che fece una macchia sul quaderno.
Là dentro giace il misero in eterno.

# Perché si parla?

Seguendo le tue parole
come tracce sul sentiero
sono entrato nella tua testa,
ho visto ogni tuo pensiero:
ho visto che pensavano
le cose che tu dici
segno che sei sincero,
leale con gli amici.
I miei pensieri, e i tuoi
si sono stretti la mano:
in due si pensa meglio
e si va piú lontano.

# Filastrocca dell'alfabeto

Filastrocca dell'A B C
ve la conto subito qui:
A, è l'automobile con l'autista,
B, è un bar col suo barista,
C, il controllore del treno diretto,
D, la diga che fa un laghetto,
E, l'elicottero per volare,
F, la falce per falciare,
G, un gettone per telefonare,
I, l'idrante del pompiere,
L, è la lepre ed il levriere,
M, è il mare con tutte l'onde,
N, la nebbia che ti nasconde,
O, l'orologio che dice le ore,
P, il pallone del calciatore,
Q, il quadro del pittore,
R, la radio del radioabbonato,
S, il sole che ti ha svegliato,
T, s'intende è la televisione
per la teletrasmissione,
U nel nido è un uccellino,

S
U
E
O
L
L

V, la vettura del vetturino,
e Zeta, la lettera musicale,
è la zampogna di Natale.

## L'apostrofo

Un apostrofo, stanco
di stare per aria appeso
come un salame,
senza fare chiasso
si lasciò cadere
in basso.
Cosa gli toccò vedere!
Fu subito preso
per una semplice virgola
e trattato, poveretto, senza il minimo rispetto.
«Ti levi di mezzo!
Ostacoli il traffico
delle parole».
«Ma questa cosa vuole?
Una virgola qui
non ci va.
Chiamate una guardia di città».
«Signor vigile, c'è un intoppo:
una virgola di troppo».
L'apostrofo sbuffava,
si scansava,

invano, si sforzava
di restar nascosto.
Per fortuna una matita pietosa
lo rimise al suo posto,
alto come un semaforo.
Se no certo a quest'ora
era un errore,
multato con un segno
rosso o blu
del professore.

# Parole nuove

Io conosco un signore
che inventa parole nuove.
Per esempio ha inventato
lo «spennello»,
che serve per disfare
un quadro se non è bello.
Ha inventato l'«anticappello»
(per le persone che
non sentono freddo alla testa);
lo «stemporale» che fa tornare il sole
dopo la tempesta,
e molte altre parole
di grande utilità
in campagna ed in città.
Ora ha in mente di inventare
il verbo «slitigare»
per dividere i tipi letichini
e trasformare i nemici
in buoni vicini.
Finora quel verbo
gli è venuto maluccio, non funziona.

Ma lui non si sgomenta
ogni giorno ritenta
e prima o poi di certo troverà
la parola per mettere d'accordo
tutta l'umanità.

# Storie di parole

# Un nobile sguattero

– Signore, lei mi offende. Lei non sa con chi parla, non sa chi sono io.

– E chi sarà mai?

– Badi a lei! Io sono uno *sguattero.*

– E mi dovrei spaventare? Non ho niente contro gli sguatteri, o lavapiatti: trovo anzi che sono persone utilissime, degne di ogni rispetto. Ma non pretenderà che io mi metta in fuga semplicemente perché lei mi ha detto che è uno sguattero. Avesse detto Capitan Fracassa...

– Le ripeto che sono uno *sguattero*, e abito in una delle migliori *stamberghe* della città.

– Mi dispiace per lei.

– Che cosa le dispiace?

– Che sia costretto ad abitare in una stamberga, invece che in un bel palazzo.

– Insomma, basta, altrimenti facciamo un *ciuffo*, e io la infilzo sul mio *spiedo.*

– Piano, piano: non sono mica un pollo.

Interrompiamo il dialogo e cerchiamo di capire chi sia questo strano personaggio, orgoglioso di essere uno *sguattero* e fierissimo di abitare in una *stamberga*.

Secondo me è un guerriero longobardo, capitato per sbaglio nel nostro secolo. Sapete, di quei Longobardi che calarono in Italia un po' dopo il crollo dell'Impero di Roma. Alboino, «Bevi Rosmunda!», eccetera. Quelli lí. Del loro passaggio in Italia sono rimasti svariati segni. Per esempio, nella geografia: la parola «Lombardia», non c'è bisogno di guardarla al microscopio per vederci dentro i Longobardi, che proprio in Lombardia ebbero la loro capitale.

Nella loro lingua germanica, che è la bisnonna del tedesco d'oggi, la parola *wahtari* significava *guardia*. Ma una «guardia del re», non un semplice guardiano notturno, o custode di polli.

Quella parola, per entrare nella lingua dei figli di Roma, dovette rassegnarsi a diventare piú dolce, a licenziare la doppia W, a scaricare la sua pesantissima «acca»: ed eccola trasformarsi in *guattero*, poi in *sguattero*. Anche la storia, alle volte, fa buffi scherzi. Essa ha preso una parola guerriera e superba, ha lasciato passare un po' di secoli, e ci ha messo dentro un significato molto piú umile. Il guerriero è diventato un lavapiatti:

onorevole professione, ma che non spaventa nessuno.

Spieghiamo dolcemente al resuscitato Longobardo perché la sua dichiarazione di essere uno *sguattero* ci ha fatto ridere. Egli si confonde, balbetta, ma trova ancora la forza di protestare:

– Va bene, ma perché ha riso quando ho detto che abito in una stamberga? Le case piú belle della città sono tutte *stamberghe.*

– Ai suoi tempi, signore mio. Ai nostri tempi la parola *stamberga* indica le case peggiori, le catapecchie, i tuguri.

– Ma come è possibile?

Scherzi della storia e della lingua. Per i Longobardi *stainberga* era la *casa di pietra* (Stein, in tedesco vuol dire «pietra» anche oggi).

Una casa di pietra, tra loro, alle origini della loro società e della loro lingua, poteva permettersela solo un capo, un riccone: per gli altri non c'erano che baracche di legno, o tende. Una parola che in principio aveva significato un progresso, un segno di distinzione, entrata nella nostra lingua è decaduta fino a prendere il significato contrario: come un bel frutto che marcisce, o come il vino che diventa aceto.

Il Longobardo china il capo, persuaso. Ci rimane da spiegargli che lo *spiedo* una volta era un'arma, ma oggi noi lo teniamo in cucina per infilzarci i tordi: altro caso di parola che ha smesso la divisa militare ed ha vestito panni borghesi.

– E il *ciuffo*?

– *Ciuffo* è una parola sbarazzina, figlia della parola Longobarda *zupfa*, che voleva dire «treccia, coda di capelli». Poi, quando la gente cominciò a prendersi per la *zupfa* diventò *zuffa*, e nacque anche l'indecoroso verbo «azzuffarsi». Ma per fortuna, accanto alla bellicosa zuffa è rimasto il *ciuffo*, piú pacifico anche se alquanto spettinato.

# Il principe nella valigia

L'anno scorso, in Calabria, un amico mi volle a tutti i costi regalare una decina di bergamotti. – Tieni, – mi disse, – ti profumeranno la valigia.

I bergamotti, come tutti dovrebbero sapere, sono agrumi, discendono da antenati aranci e limoni, e se ne ricava un olio profumato.

Non fu il loro profumo, però, a non lasciarmi dormire. Dalla valigia malchiusa sentivo arrivare piuttosto un sospiro, un sussurro sepolto, un lamento lontano.

– Ahi, ahi, – mi dissi, – tra poco mi figurerò di avere i fantasmi nella valigia.

– Ahi, ahi, – rispose, nettissimo stavolta, il lamento della valigia.

– Chi è là? Fermi o sparo!

Dico sempre cosí, quando sono spaventato: spero che il ladro si spaventi piú di me.

– Chi ha parlato?

– Mustafà... Mustafà...

Accesi la luce e guardai la valigia. C'era qualcosa che non andava, là dentro. Mi alzai, e...

– Sono il principe Mustafà, – continuò la voce di velluto. – Si avvicini, osservi: sono qui, dentro uno dei suoi bergamotti. Sono vittima di un incantesimo... Mi sente?

– Non vedo nulla di principesco, ma la sento benissimo.

– Allora mi ascolti. Lei sa di certo che gli agrumi sono originari dell'Oriente: aranci, limoni, mandarini e cosí via, furono coltivati in Cina e in Giappone migliaia d'anni prima che in Sicilia. Ne fecero la scoperta, secoli or sono, durante i loro viaggi in India, i Portoghesi.

– Allora è per questo che gli aranci si chiamano, qua e là per l'Italia, «portogalli»?

– Appunto per questo. E i «mandarini» conservano, nel loro nome, uno scherzoso ricordo della loro patria d'origine: la Cina dei Mandarini. L'annoio?

– Tutt'altro.

– In tal caso, mi permetterò di informarla, di passaggio, che la parola «arancia» deriva dal persiano «naräng», e la parola «limone» dal persiano «leimon». Furono gli Arabi a portare queste parole in Europa, e in particolare in Sicilia.

– Cinesi, Indiani, Persiani, Arabi, Portoghesi: quanta gente c'è voluta, per aggiungere un paio di parolette al vocabolario! Dimenticavo i bergamaschi.

– Che c'entrano i bergamaschi?

– Immagino che il «bergamotto» abbia qualche parentela con la città di Bergamo, perla della Lombardia.

– Neanche per sogno! È qui che comincia la mia storia. Un giardiniere turco addetto al palazzo in cui io fui, da vivo, il principe Mustafà, creò una deliziosa qualità di pere, che furono dette «Mustafà beg armudi». L'espressione girò il mondo: in Italia «beg armudi» diventò «bergamotto» e questo nome, assegnato dapprima alle «pere bergamotte», finí per attaccarsi, circa 300 anni fa, agli agrumi profumati con cui si fa l'olio di bergamotto.

– Una bellissima storia. Ma l'incantesimo dove sta?

– È presto detto. Io non ebbi la fortuna di legare il mio nome a qualche impresa gloriosa: cosí esso rimase legato per sempre e unicamente alla parola «bergamotto»: nella quale, per colmo di ironia, la parola «Mustafà» non figura nemmeno piú.

– Già, è strano che non figuri.

– Non capisce? Non figura nella parola perché dentro il bergamotto ci sono io, Mustafà in persona!

– In tutti i bergamotti?

– Certamente no: in uno solo, a turno. Ora sto in uno di quelli che le hanno regalato.

– In quale precisamente?

– Ahimè, non lo so. So di essere qui, ma non so in quale frutto. Per carità, mi salvi: non voglio finire in una bottiglietta di profumo.

Cosa dovevo fare? C'era poco da scegliere. Mi infilai una vestaglia, presi tutti e dieci i miei bergamotti, scesi nel giardino dell'albergo, scelsi un'aiola appartata e li seminai, mentre il principe Mustafà mi sussurrava: – Grazie, grazie. Cosí rinascerò con la pianta.

# L'odissea di un quintale

Il signor Quintale era (ed è tuttora, per quello che ne sappiamo) una importante misura di peso, tra le piú ragguardevoli del sistema metrico decimale: pesava infatti ben cento chili, e le sue opinioni erano molto rispettate nella minuscola tribú dei grammi, decigrammi e compagnia leggera.

Una volta, però, nel bel mezzo di un discorso, si sentí interrompere da una vocetta petulante:

– Taci tu, che non sei nemmeno italiano.

Il Quintale allibí, tremò in tutti i suoi chilogrammi, ma non disse nulla. La sera stessa si recò da un amico vocabolario e gli espresse la sua pena.

– In effetti, – gli rispose il vocabolario, – il tuo nome è di origine spagnola. Di piú però non ti saprei dire. Vuoi che scriva a Madrid?

– Non importa, lascia stare, – borbottò il Quintale. – È una questione che debbo sbrigare da solo.

La mattina dopo, senza dir nulla a nessuno, si recò a Genova, affittò una barchetta, vi entrò facendola ondeggiare pericolosamente e si attaccò ai remi. Non staremo a dirvi se quella ginnastica lo fece sudare: comunque, non perse un grammo di peso. Tutti possono dimagrire, volendo, ma il Quintale no.

Insomma, arrivò a Barcellona, domandò a molta gente e gli fu indicata la casa del nobile *hidalgo* don Quintal.

Don Quintal lo accolse a braccia aperte: – Carissimo nipote!

– Nipote? Siete mio zio? Strano, non sapevo di averne uno.

– Sono il tuo bis-bis-bis-prozio.

– Allora io sono di origine spagnola?

– In un certo senso sí. Ma è roba di molti secoli or sono. Fu nel Cinquecento, se non ricordo male, che truppe spagnole cominciarono a bazzicare per l'Italia. Mio fratello, che si chiamava Quintal come me, ed era uno spirito avventuroso, capitò a Napoli e si innamorò di quella città. Gli italiani lo trovarono simpatico e lo accolsero nel loro vocabolario. Breve: non è tornato piú in patria. Ha aggiunto una «e» al suo nome, si è fatto cittadino italiano e tu sei un suo discendente.

Il nostro signor Quintale rifletté a lungo.

– Vedo che sei rimasto male, – osservò don Quintal, – pensavi di essere italiano al cento per cento e invece... Ma non te la prendere. Ne vuoi sapere una? Anche noi della famiglia Quintal siamo spagnoli a metà.

– Solo per cinquanta chili?

– Forse per meno. So soltanto che i nostri vecchi erano arrivati in Spagna con gli Arabi. Se tu hai tempo di...

Ma il signor Quintale non aveva piú il tempo di starlo ad ascoltare. Deciso a mettere in chiaro quell'intricata faccenda, era già corso al porto, era balzato nella sua barchetta, e remava verso le coste africane.

Si fermò soltanto ad Algeri, dove gli fu indicata la casa di un vecchio santone arabo di nome Qintar.

– Permesso?

– Avanti... Toh, guarda chi si vede: il nostro parente italiano.

– Dunque, siamo parenti davvero.

– Lo credo bene. Il ramo italiano della famiglia è stato fondato da uno spagnolo, ma il ramo spagnolo, a sua volta, è stato fondato da un arabo, il celebre Qintar, che era giunto in Sardegna con i conquistatori arabi. Roba di mille anni fa, o giú di lí.

– Pesava cento chili anche lui?

– Non esattamente. In arabo la parola

*qintar* voleva dire solo genericamente «una grande quantità». La quantità è stata precisata in seguito.

– In conclusione, io sarei di origine araba.

– Aspetta a tirar conclusioni. Non ti ho ancora detto tutto. La parola *qintar* non è araba di nascita. I nostri antenati la impararono dai greci.

– Greci?

E con questo punto interrogativo nella testa, il signor Quintale tornò alla sua barca e affrontò una nuova traversata del Mediterraneo.

«Ma troverò finalmente, – pensava, – la mia patria? Mi sembra di essere Ulisse... Del resto, ecco lí le coste di Itaca. Finirà qui la mia odissea?»

Ma in Grecia, da un vocabolario molto chiacchierone, apprese qualcosa di stupefacente.

– In effetti, – gli spiegò quel vocabolario, – gli arabi foggiarono la parola *qintar* sul modello della nostra parola «kintenari». Non ti dirò nemmeno che cosa vuol dire, perché la dovresti riconoscere. Dopotutto è una parola arrivata in Grecia dall'Italia...

– Da... da... dall'Italia? – balbettò emozionatissimo il signor Quintale.

– Ma certo. Con i conquistatori romani. Si tratta della parola latina «centenari», figlia o nipote, non so bene, della parola *centum*, che voleva dire...

– Cento!

– Ecco, hai fatto centro.

– Ma allora... allora il capostipite della mia famiglia...

– Un latino purosangue. Un romano de Roma.

– Però, nel mio nome, la «q» ce l'hanno messa gli arabi, la «elle» gli spagnoli...

– E che t'importa? Sei sempre un oriundo. Puoi giocare benissimo nella nazionale.

Ma il signor Quintale correva già verso la spiaggia, verso l'Italia: che gioia, dopo tante pene e tanti viaggi, ritrovare l'antica e cara patria.

## Conversazione gelata

– Che freddo, – disse il termometro.

– Davvero un freddo arabo, – commentò il mercurio, scendendo passo passo la colonna.

– Arabo? – rise la neve, sfarfalleggiando nell'aria. – Vorrai dire polare.

– Insisto: arabo.

– Ma se siamo a zero gradi!

– Per l'appunto. *Zero* è una parola che arriva di là, dall'Arabia.

– Spiritoso, – commentò la neve, – di me forse vorrai far credere che arrivo dall'Equatore.

– Sentiamo questa storia araba, – disse invece il termometro, rabbrividendo.

– È cortissima. Prima degli Arabi non esisteva in Europa né una parola né un segno per indicare lo zero. Gli Arabi, che impararono l'uso dello zero dagli Indú, lo indicarono con la parola *sifr*, *asifr*, che successivamente, in Europa, venne latinizzata in due modi: *zephryum* e *cifra*. Tutte e due queste parole nel Medio Evo, indicarono il *vuoto*, lo *zero*. Poi, come succede spesso nella storia dei vocabolari, si divisero fraternamente i significati: *cifra* assunse pian piano quello di «segno», per indicare i segni dei numeri da uno a nove; *zephyrum*, mutandosi lentamente in «zero», si tenne per sé il vuoto.

– E il freddo, – aggiunse il termometro.

– E io dunque? – domandò la neve, volteggiando con eleganza per attirare l'attenzione.

– Tu sei ancora la parola latina *nix*, *nivis*.

– E lui? – fece la neve, indicando il termometro.

– Lui è fatto con due parole greche: *thermòs*, che voleva dire «caldo», e *métron*, che voleva dire «misura». Dunque, termometro uguale: misura del calore.

– E del freddo, – insisté il termometro.

– No, scusa, – obiettò la neve, – per misurare il freddo dovresti chiamarti «freddometro».

– Non stiamo a far freddure: io misuro il calore quando è forte, quando è debole e quando è assente. Non sarai tu a farmi cambiar nome.

– Va bene, va bene, non ti scaldare altrimenti mi sciolgo, – disse la neve. – Piuttosto, spiegatemi fra tutti e due perché non si dice almeno «freddorifero». Quello, vero, col calore non c'entra proprio per niente.

– Quello chi?

– Ma il «frigorifero». Perché non si chiama «freddorifero»? Da dove viene quel «frigo»?

– Come te, dal latino, – disse il mercurio. – Stammi attenta un momento. I latini avevano l'aggettivo *frigidus*, che voleva dire «il freddo». Da *frigidus* derivò la parola italiana «freddo», che estese la sua influenza dal campo degli aggettivi a quello dei sostantivi, e copre oggi da sola le due funzioni grammaticali.

– Imperialista, prepotente, – commentò la neve.

– Nella parola «frigorifero», però, è presente ancora il sostantivo latino *frigus*: e «frigorifero» vuol dire esattamente, in conclusione, «freddorifero».

– Mamma mia, sto diventando di ghiaccio.

– Ghiaccio, dal latino *glacies*, – sentenziò il mercurio.

– Grazie, è sempre una consolazione avere degli antenati illustri.

E con un ultimo sfarfallio la neve si posò sul davanzale e gelò.

– Brrr! – disse il termometro. – A proposito, credi che anche gli antichi Romani facessero «brrr» quando sentivano freddo?

Il mercurio non rispose. Stava scendendo sotto lo zero, lineetta per lineetta e perché risalisse, ormai, bisognava aspettare la primavera.

# Il cavallo sapiente

Non dimenticherò mai la serata in cui il Circo Koenig presentò al pubblico il sensazionale numero di Ferdinando, il cavallo sapiente. Se ne sono visti, nelle arene, di cavalli ammaestrati, capaci di ballare il tango, di compiere evoluzioni a un semplice schioccar di frusta, magari di rispondere «sí» battendo una volta uno zoccolo, e «no» battendo lo zoccolo due volte: ma un cavallo che sapesse scrivere a macchina, non si era mai visto.

Naturalmente per Ferdinando avevano dovuto fabbricare una macchina speciale, grande come una locomotiva e coi tasti di ferro, perché potessero sopportare senza conseguenze le energiche battute del singolare dattilografo.

Persone del pubblico estratte a sorte avevano diritto di porre a Ferdinando domande di qualsiasi genere. Ferdinando batteva a macchina le risposte, e il direttore le legge-

abcd

va. Talvolta, leggendole, fingeva di sbagliare. Ferdinando allora scuoteva la testa rattristato, come per dire: – Io scrivo, scrivo, e poi ecco cosa mi tocca di sentire...

Quando toccò a me, formulai la seguente domanda: – È contento di essere un cavallo?

Ferdinando mi guardò con interesse, nitrí e subito batté la risposta a una velocità da mitragliatrice.

– Signore, – cosí suonava la risposta, – lei allude alle modeste origini del mio nome. Non creda, però, che io le consideri offensive. Molte case regnanti ebbero per capostipite un brigante. Non mi vergognerò dunque io, perché in latino la parola *caballus* - dalla quale è derivato il mio nome comune italiano - significava «grosso cavallo da lavoro», mentre per i cavalli da sella e da guerra era usata la piú nobile parola *equus*. Sono contento di essere un cavallo e porto con fierezza il mio umile nome. Lei piuttosto, sa come entrò nella lingua latina la parola *caballus*?

Un «oh» di meraviglia uscito da mille e mille bocche risuonò come un tuono, facendo tremare la tenda del circo. Non solo Ferdinando rispondeva alle domande, dimostrando di conoscere anche il latino: egli si permetteva addirittura di porre in imbarazzo gli spettatori!

Io, infatti, arrossii e abbassai il capo. Confessai con un mormorio che sulle origini della parola *caballus* ero pochissimo informato. Ferdinando lanciò un nitrito e si gettò sulla macchina.

– Sappia, signore, – cosí potemmo leggere, di lí a qualche attimo, – che mentre taluni ritengono che la voce *caballus* sia di origine gallica, altri sostengono che questa parola entrò in Italia e nella lingua latina dalla penisola balcanica. Roma, come lei sa, regnava sul mondo: e da ogni parte del mondo accoglieva generosamente anche le parole nuove.

Un applauso nutritissimo scoppiò sulle gradinate. Ferdinando si inchinò. Io mi unii all'applauso, e stavo per ritirarmi. Ma il direttore del circo mi trattenne:

– Signore, non si allontani. Ferdinando è evidentemente compiaciuto di conversare con lei. Gli faccia qualche altra domanda.

Chiamando a raccolta tutta la mia cultura linguistica, formulai allora la domanda che segue:

– Gli studiosi ritengono che il verbo «galoppare», del quale lei Ferdinando fa certamente un ottimo uso, sia entrato in Italia prima del Mille. È anche lei di questo parere?

Ferdinando rispose:

– Senz'altro. Sono esattamente dell'opinione del professor Bruno Migliorini che mette «galoppare» insieme con altre voci militari, come «dardo», «gonfalone», «schiera» e simili, portate in Italia dagli eserciti di Carlomagno, re dei Franchi.

– Si tratta dunque di un francesismo, sia pure antichissimo? – domandai, asciugandomi il sudore per l'emozione.

Ferdinando rise. So quel che vi dico: nitrí, per la verità, ma nitrí cosí allegramente che una risata generale si propagò per il circo. Poi scrisse:

– Lei mi tende un tranello, ma io non ci cascherò. Legga il «Dizionario etimologico italiano» del professor Dante Olivieri a pagina 324 e troverà che il francese «galoper» venne fabbricato sull'esempio e sulla misura dell'antica parola francone (cioè germanica) *wallahlaupan*, che significava «correre velocemente». Se lei sa un pochino di tedesco riconoscerà subito in *wallahlaupan* l'espressione tedesca di oggi *wohl laufen*, ossia, per l'appunto «correre velocemente».

Gli zoccoli di Ferdinando galoppavano sulla sua gigantesca macchina da scrivere. La parola «galoppare», a sua volta, galoppava attraverso i secoli e le frontiere. Gli applausi scrosciavano con la violenza di un uragano.

Ferdinando si inchinò e mi tese amichevolmente la zampa. Non voleva umiliarmi. Riconosceva in me, se non un degno avversario, qualche dote di buona volontà.

## Multe e pecore

– Lei è in contravvenzione, – disse il vigile urbano, urbanamente, al professor Latinus che aveva attraversato l'incrocio col rosso.

– Pazienza, – disse il professore.

– Pazienza, sí. Però deve anche pagare.

– Quanto?

– Dunque, vediamo... mille, duemila... sei per otto quarantotto... tremila in tutto.

– Tremila pecore? Ma lei mi ha scambiato per qualcun altro, sa?

– Un momento. Ho parlato di lire, non di pecore.

– E allora perché dite che chi contravviene al codice stradale va soggetto a pene *pecuniarie*?

Il vigile, che stava strappando dal suo libretto il foglio della contravvenzione, si fermò interdetto, fissò negli occhi il professore, si guardò intorno con circospezione e finalmente sussurrò:

– Vuole che gliene dica una? Non ho la minima idea del perché si usi quell'espressione. Se lei fosse tanto gentile, quasi quasi...

– Tanto gentile da spiegargliela? Venga, sediamoci in quel bar. Posso offrirle un cappuccino?

– Grazie, professore. Ma pago io.

– Niente affatto. E ora mi ascolti. Faccia conto di trovarsi nella Roma di duemilacinquecento anni fa.

– Un bel saltino, neh?

– Con la fantasia, si fa questo e altro. Lei deve sapere che a quel tempo, per indicare il gregge, l'armento, esisteva la parola *pecus*. Ha afferrato? *Pecus*, gregge al singolare. *Pecoris*, «del gregge». Plurale *pecora*: «gli armenti». Chiaro?

– Lampante.

– Lei deve sapere, però, che accanto a questa parola «pecus, pecoris», esisteva anche la parola «*pecus*, *pecudis*», che voleva dire «capo di bestiame». Un singolo capo, comprende?

Dunque c'era un *pecus* nome collettivo, e un *pecus* che voleva dire tutt'altra cosa. Eppure, queste due parole si somigliavano tanto che finirono per confondere i loro significati. Un *pecus* e l'altro *pecus*, insomma, vennero a indicare entrambi «un capo di bestiame». Ha presente quel plurale *pecora*?

Be', è esattamente la nostra parola «pecora», oggi singolare.

– D'accordo, professore. Parliamo di pecore.

– Parliamo di pecore. Da «pecus» derivò una bella famigliola di paroline. Per esempio «peculium»...

– *Il peculio!* – esclamò il vigile. – Ossia la grana, i bezzi, i dindi, i quattrini.

– Sí, ma in origine *peculium* voleva dire: «la parte dell'armento lasciata in proprietà dello schiavo»; l'altra parolina è *pecunia*, che in origine voleva dire: «ricchezza in bestiame». Un tipo che aveva *molta pecunia*, era semplicemente un tipo che aveva molte pecore, m'intende? Col tempo *pecunia* venne a significare «ricchezza», in generale: in pecore, in case, in terreni, in biglietti di banca eccetera. Ma chi ha orecchio per le parole, sotto quella *pecunia* ci sente subito il puzzo di pecora. Se stessimo ai significati piú profondi delle parole, la «pena pecuniaria» che lei mi ha inflitto, e che vuol dire semplicemente «pena in denaro» (anche la «ricchezza» è scomparsa...) io dovrei pagargliela in capre, agnelli, vitelli. Vuole un vitellino di latte?

– Professore, dove lo metto? Grazie, lo accetterei volentieri, ma oltre tutto disturberebbe il traffico.

– E lo disturberei molto di piú io se andassi in giro seguito da greggi e armenti, da adoperare per fare le mie compere. Oggi la «pecunia» sta tutta nel portafoglio... e purtroppo avanza ancora molto spazio. E adesso lei, questo povero portafoglio, me lo fa dimagrire ancora...

– Ecco, io devo...

– Lei fa il suo dovere. Eccole le tremila lire della multa. Cameriere, questo per il cappuccino e questa è una bestiolina per lei.

– Una bestiolina?

– Ma sí, una pecorella, un agnellino, un po' di «pecunia»: insomma, la mancia.

# Il vascello fantasma

Alcuni anni fa, durante la traversata da Napoli a Palermo (ero imbarcato come telegrafista su una nave di linea), avvistammo uno strano veliero. Strano, per cominciare, perché nel secolo ventesimo i velieri sono piú rari delle mosche bianche. Strano, ancora, perché non batteva alcuna bandiera. Strano, infine, perché aveva gettato l'ancora in mare aperto, e si dondolava immobile al chiaro di luna. Già, perché c'era la luna, ed era quasi mezzanotte: scusatemi se non ve l'ho detto prima.

– Chieda se hanno bisogno di qualcosa, – mi ordinò il capitano.

Ma al mio appello radiotelegrafico non rispose nessuno.

– Proverò col megafono, – disse il capitano. Salí infatti sul ponte di comando e lanciò il classico richiamo che si legge in tutti i libri d'avventure.

– Ehi, della nave!

Dopo qualche attimo un'ombra parve agitarsi a bordo del veliero.

– Che volete? – gridò una voce rauca.

– Vi occorre nulla?

– Un po' di sale, se ce l'avete. Altrimenti, buona notte.

– Va bene, vi mando una scialuppa.

– Capitano, – dissi in fretta, – ci posso andare anch'io?

Il capitano sorrise, leggendo nel mio sguardo l'ansia e la curiosità. Era un brav'uomo, tollerante con noi giovani, e mi diede il permesso di accompagnare la piccola spedizione.

Quando la scialuppa toccò il fianco del veliero, una scala di corda ci piovve a bordo. Ci arrampicammo. Ad attenderci non c'era che un bizzarro personaggio, vestito, a occhio e croce, come un ammiraglio dei tempi di Cristoforo Colombo. Intorno a lui, e intorno a noi, il veliero taceva come morto. Non un marinaio, non un mozzo si erano affacciati al nostro arrivo e la cosa, per chi conosce l'infantile curiosità degli uomini di mare, era quasi incredibile.

– Cercate qualcuno? – domandò burbero il solitario comandante.

– No, veramente... – balbettai io, per tutta risposta.

– Cercate, cercate. Sono solo a bordo.

– Solo? Com'è possibile?

– Vi dirò di piú: sono l'unico superstite di un'intera flotta. E delle mie disgrazie debbo ringraziare appunto questa parola.

– Quale parola?

– La parola «flotta», signori. Immagino che vi aspettate da me tutta la storia, adesso... Bene, bene. Tanto, si tratta di una storia brevissima. Qualcuno di voi ha studiato il latino?

Alzai timidamente la mano, stupito per l'inattesa domanda.

– Lei conoscerà allora la parola latina *fluctus*, dal verbo *fluere*. Non c'è bisogno di tradurre, immagino. Dalla voce *fluctus* venne il verbo *fluctuare*...

– E da questo la parola «flotta».

– Magari! – esclamò il comandante, fulminandomi con un'occhiata. – In realtà le cose non sono cosí semplici. Bisogna ora seguire il verbo *fluctuare* nelle sue... fluttuazioni attraverso le frontiere. Nella Gallia, per esempio, la Francia d'oggi. Là a suo tempo nacque, da *fluctuare*, il verbo *flotter* e da questo la parola *flotte*, che voleva dire «una quantità di cose», e solo col tempo prese il significato di «molte navi insieme». Col passar del tempo, anche la parola «flotte» passò la frontiera...

– E venne in Italia!

– Niente affatto. Andò in Spagna, e diventò la parola *flota*.

Furono gli Spagnoli, nel Cinquecento, a portare in Italia questa parola. In italiano essa suonò «flotta», con due «t». In qualche parte dell'Italia una «erre» prese il posto della «elle», e cosí ci trovammo ad avere due parole: *flotta*, per indicare un insieme di navi; *frotta*, per indicare una folla, tanta gente.

– Se ho ben capito, – riassunsi, – abbiamo identificato finora questa rotta: Roma, Francia, Spagna, Italia... Una specie di giro dell'oca. Un viaggio di andata e ritorno.

– Ecco! – gridò il comandante, buttando a terra il sacchetto del sale. – Ecco il punto! Questa è esattamente la ragione per cui la mia «flotta» dovette navigare per decenni e per secoli...

– Secoli?!

– Secoli, signori miei! Ma non interrompetemi. Navigare, dicevo, per decenni e per secoli tra l'Italia e la Spagna, senza trovare un porto. Gli spagnoli dicono che si tratta, tutto sommato, di una parola latina. Gli italiani dicono che si tratta di una parola spagnola. La mia povera «flotta», respinta da tutti, decimata dagli uragani, venne inghiottita poco alla volta dal Mediterraneo. Il mio equipaggio, chi morto, chi disertore. Io solo, di tante navi e di tanti uomini, vago sui flutti, disperato. Non troverò mai pace!

– Non capisco, – dissi non senza imbarazzo, – la sua «flotta» (intendo quella con due «t») si trova ormai nel vocabolario italiano da parecchi secoli e...

– Dove ha detto che si trova? – urlò il comandante, prendendomi per il collo.

– Nel... nel voc... voca... vocabolario... – farfugliai.

– Ne è sicuro?

– Ne abbiamo uno a bordo: venga a vedere. Forse la sua spedizione è partita negli anni in cui la parola era già d'uso popolare ma non ancora accolta ufficialmente dalla lingua. Oggi come oggi le posso assicurare...

– Niente assicurazioni: le prove!

Lo trasportammo sulla nostra nave con la scialuppa. Gli mostrammo la parola «flotta» scritta in tutte lettere nel vocabolario italiano. Il vecchio non stava in sé dalla gioia.

– Ma allora, – esclamò, – allora potrò gettare l'ancora a Palermo, a Genova, a Livorno!

– Dove le pare, – dicemmo.

– Presto: riportatemi sul mio veliero!

Ma quando giungemmo sul ponte, il veliero era scomparso: intorno a noi, ai quattro venti, fino all'orizzonte, si stendeva il mare. Calmo e fresco, a perdita d'occhio, sotto la luna.

# Indice

# Einaudi Ragazzi

La collana dei piccoli

Roberto Piumini, *Mille cavalli*
Roberto Piumini, *Storie in un fiato*
Lella Gandini - Roberto Piumini, *Fiabe d'Italia*
Stefano Bordiglioni, *Un attimo prima di dormire*
*Storie di streghe, lupi e dragolupi*
Stefano Bordiglioni, *Storie per te*
Roberto Piumini, *Storie per chi le vuole*
Gianni Rodari, *La torta in cielo*
Roberto Piumini, *C'era una volta, ascolta*
Roberto Piumini - Emanuela Bussolati, *Fiabe per occhi e bocca*
*Favole di Esopo*
Roberto Piumini - Francesco Altan, *Mi leggi un'altra storia?*
Ingo Siegner, *Nocedicocco - Draghetto sputafuoco*
Oscar Wilde, *Il fantasma di Canterville*
Stefano Bordiglioni, *Una storia in ogni cosa*
Beatrice Masini, *Che fata che sei*
Vivian Lamarque, *Storie di animali per bambini senza animali*
Sabina Colloredo, *Storie vere di animali*
Lella Gandini - Roberto Piumini, *Fiabe da tutta Italia*
Nicoletta Costa, *Allumé - Storie di un cavallo*
Gianni Rodari, *Prime fiabe e filastrocche*
Stefano Bordiglioni, *Storie col motore*
Geraldine McCaughrean, *Grandi amori sull'Olimpo - Storie degli dei greci*
Véronique Beerli, *Belle, astute e coraggiose*
Roberto Piumini, *Storie d'amore*
Lewis Carroll, *Alice nel paese delle meraviglie*
Stefano Bordiglioni, *Scuolaforesta*
Mario Lodi, *Bandiera*
Vivian Lamarque, *Mettete subito in disordine! - Storielle al contrario*
Roberto Piumini, *Il circo di Zeus*
Saviour Pirotta, *Ai piedi dell'Olimpo - Miti greci*
Gianni Rodari, *C'era due volte il barone Lamberto*
Jill Barklem, *Il mondo di Boscodirovo*

Henriette Bichonnier - Pef, *Storie per ridere*
Lella Gandini - Roberto Piumini, *Mille fiabe d'Italia*
Stefano Bordiglioni - Manuela Badocco, *Dal diario di una bambina troppo occupata*
Lydia Marin Ross - Johanna Marin Coles, *L'alfabeto della saggezza*
Gianni Rodari, *La gondola fantasma*
Bianca Pitzorno, *Streghetta mia*
Jill Barklem, *Un anno a Boscodirovo*
Roberto Piumini, *Mattia e il nonno*
Beatrice Masini, *Amici per sempre*
Roberto Piumini, *Belle da raccontare*
Erwin Moser, *La barca dei sogni - Storie della buonanotte*
Stefano Bordiglioni, *Storie sotto il letto per dormire... quasi tranquilli*
Ingo Siegner, *Nocedicocco e la nave pirata*
Vivian Lamarque, *La bambina bella e il bambino bullo e altri bambini e bambine*
Gianni Rodari, *Fiabe e Fantafiabe*
Lella Gandini, *Ninnenanne e tiritere*
Roberto Piumini, *La valle dei mulini*
Stefano Bordiglioni, *Storie prima della storia*
Roberto Piumini, *A cavallo fra i castelli*
Nicoletta Costa, *Evviva l'alfabeto!*
Nicoletta Costa, *Storie di foglie e di cielo*
Silvia Roncaglia, *Storie coi fiocchi*
Michel Piquemal, *Fiabe mitologiche di eroi e di mostri*
Michael Morpurgo, *Storie sotto i baffi - Favole di Esopo*
Stefano Bordiglioni, *Il capitano e la sua nave - Diario di bordo di una quarta elementare*
Altan, *Kamillo Kromo*
Rolande Causse - Nane Vézinet, *Storie di cavalli*
Beatrice Masini, *La bambina di burro e altre storie di bambini strani*
Daniel Pennac, *Io e Kamo*
Ingo Siegner, *Nocedicocco e il grande mago*
Beatrice Masini, *Storie dopo le storie*
Roberto Piumini, *Alice nel paese delle meraviglie*
Vivian Lamarque, *I bambini li salveranno (Chi? Gli animali)*
Nicoletta Costa, *La maestra Margherita*
Nicoletta Costa, *Alfabeto per colazione*
Ingo Siegner, *Nocedicocco fa il giro del mondo*
Francesca Ruggiu Traversi, *Tommy Scuro e il segreto di Villa Brivido*
Daniel Pennac, *Kamo - L'idea del secolo*
Gianni Rodari, *Zoo di storie e versi*
Guido Sgardoli, *Vite di animali*
Stefano Bordiglioni, *Zannalunga orchetto smemorato*
Nicoletta Costa, *L'albero Giovanni e suoi amici*

Gionata Bernasconi, *Lucia e il brigante*
Ingo Siegner, *Nocedicocco e il mistero della Mummia*
Nicoletta Costa, *Streghe, streghine e stregatti*
Francesca Ruggiu Traversi, *Il Campeggio delle Streghe*
Stefano Bordiglioni, *La congiura dei Cappuccetti*
Oscar Wilde, *Il Gigante egoista*
Stefano Bordiglioni, *Storie per giocare*
Beatrice Masini, *Storie dell'uomo verde*
Tony Bradman - Tony Ross, *Storie di eroi*
Sabina Colloredo, *Un cavallo per amico*
Gianni Rodari, *I viaggi di Giovannino Perdigiorno*
Gianni Rodari, *Storie di Marco e Mirko*
Ingo Siegner, *Nocedicocco va a scuola*
Silvia Roncaglia, *Le avventure del pirata Cicciobombo*
Marco Bosonetto, *Uffa, cambio genitori!*
*Storie di fate*, a cura di Tig Thomas
Stefano Bordiglioni, *Sogni di principesse*
Ingo Siegner, *Nocedicocco e il pirata*
Guido Sgardoli, *Un panda per amico*
Guido Sgardoli, *Mistero allo zoo*
*La storia di Pik Badaluk*
Gianni Rodari, *Versi e storie di parole*
Daniel Pennac, *Kamo - L'agenzia Babele*
Febe Sillani, *Viaggio intorno al mondo*

*Finito di stampare nel mese di gennaio 2014*
*per conto delle* Edizioni **EL**
*presso G. Canale & C. S.p.a., Borgaro Torinese (To)*

Made in the USA
Columbia, SC
12 March 2025

55060182R00133